KB007495

사랑해

미안해

고마워

혼자 아이를 키우는 엄마의 마음을 담은 편지들

사랑해 미안해 고마워

초판 1쇄 인쇄 2018년 10월 29일
초판 1쇄 발행 2018년 11월 9일

글·그림 함새나

책임편집 김소영
홍보기획 문수정
표지디자인 엄혜리
본문디자인 신묘정

펴낸이 최현준·김소영
펴낸곳 빌리버튼
출판등록 제 2016-000166호
주소 서울시 마포구 양화로 15안길 3 201호(윤현빌딩)
전화 02-338-9271 | **팩스** 02-338-9272
메일 contents@billybutton.co.kr

ISBN 979-11-88545-22-3 03810
ⓒ 함새나, 2018, Printed in Korea

이 도서의 국립중앙도서관 출판예정도서목록(CIP)은 서지정보유통지원시스템 홈페이지(http://seoji.nl.go.kr)와
국가자료공동목록시스템(http://www.nl.go.kr/kolisnet)에서 이용하실 수 있습니다.(CIP제어번호:CIP2018019766)

사랑해 미안해 고마워

혼자 아이를 키우는
엄마의 마음을 담은
편지들

글·그림 함새나

빌리버튼 billybutton

네가 잠든 사이
종이 위에 써내려간 엄마의 고백

태어나서 지금까지
너는 나에게 늘 예쁘고 사랑스러운 아기였다.

네가 예쁘게 자라는 동안
나는 너로 인해 너무나 행복하고 감사한 날들을 보냈지만,
너에게는 너무나 미안한 일을 많이 한 것 같았다.

그 많은 이야기들을
아직 옹알이도 제대로 하지 못하는
너를 안고 하자니
아무리 내 마음을 쉽게 설명해도
네가 다 이해할 수 없을 것 같았고,

대신 내가 잘 기억하고 있다가
다 큰 너에게 말을 해주려고 생각해보니
지금의 일렁이는 감정들의 느낌을
그대로 전달할 수 없을 것 같았다.

그래서 너에게 편지를 쓰기 시작했다.

지금 내 마음을 편지에 고스란히 담아
언젠가 네가 커서 나의 글을 이해할 수 있을 때쯤에
너에게 선물한다면
네가 나의 마음을 알아줄 수 있지 않을까.

그때의 네가 혼자라고 느낀다면
오래 전부터 너를 사랑하는 사람들이 있었음을,

그때의 네가 힘들다고 생각된다면
너를 항상 응원하는 같은 편의 가족들이 있음을
나의 편지가 말해주지 않을까.

나의 편지가
너에게 작은 사랑과 위로가 되길 바랐다.

하지만 어느 날인가,
나는 내가 누구에게 편지를 쓰고 있는지
모르겠단 생각이 들었다.

나는 너에게 쓰고 있다지만
어린 날의 나에게 해주고픈 이야기를
쓰는 것 같기도 했었기 때문이다.

나는 왜 자꾸 나의 모습을 떠올리며
너에게 편지를 쓰는 것인지 생각해보았다.

하지만 길게 생각해보지 않아도
나는 알 것 같았다.

너는 나처럼 상처받지 않았으면 좋겠으니까.

너는 나처럼 외롭지 않기를 바라니까.

너는 나처럼 힘들지 말라고.

너는 부디 나보다 행복하고 사랑받으라고.

1

사랑해

네가 먼저 "사랑해." 하고 안아주었어.

작은 팔을 벌려 날 꼭 안아주었어.

사랑해.

열 번만 더 듣고 싶어.

하나 사랑해.

둘 사랑해.

아홉 사랑해.

작은
손

나란히 누워
너와 얼굴을 마주보고
한 손을 꼭 잡으며
오늘도 고마웠다고
잘 자라고 이야기한다.

감싸쥔
작은 손에서 전해오는
너의 따뜻함과 포근함.

너의 엄마가 될 수 있도록
날 허락해주어서
고마워.

너에게 난,
기쁨을 주는 사람

젖을 물고 있는 너를 보면
세상에서 가장 행복한 표정을 짓고 있다.

그동안의 나는 누군가를
아프게 하고 걱정시키는 사람이었는데,
지금은 누군가에겐
가장 큰 기쁨을 줄 수 있는 사람이 된 것 같다.

모두 네 덕분이야.
부족한 엄마를 그렇게 생각해주어서 고마워.
앞으로도 계속 너에게 그런 사람이 될 수 있도록
엄마가 많이 노력할게.

달콤한
간식

네가 무언가를 먹을 땐

그 작은 손으로

내 입에도 한 개씩

꼭 넣어주곤 해.

별 맛도 안 나는

뻥튀기일지라도,

나에겐

세상에서 가장 달콤한 간식.

선물

내 선택에 대한 책임
너는 그 이상이다.

내가 너와 함께하기로 한 것은
어른이기에
네 엄마이기에
의무를 하는 것 그 이상이다.

너는 나의 후회도
무거운 짐도
떼어야 할 혹도 아니다.

내 안에 가장 나쁜 마음이
들었던 순간에도
너를 만났음에 감사했다.

네가 없이는 지금보다 더 좋을 수도 없고
그 어떤 좋은 것에도 아무런 의미가 없다.

그러니 아가야,
어떤 순간에도
그런 아픈 생각들을
네 맘에 담아두지 않기를.

잠시라도 그런 슬픔에
빠지지 않기를
엄마가 간절히 기도해.

내 삶의 이벤트로만
날 바라볼 수 있는 사람들에겐
내 삶이
안타까워 보일지도 모르겠다.

'아직 젊은데 어쩌다…'
'아휴… 혼자서 어떻게 애를 키울 거야…'

그래 맞아.
그래서 나도 힘들었으니까.

그렇지만 내 삶의 매일을
보이지 않는 행복으로 가득하게
네가 만들어주었어.

다른 사람들이 나를 어떻게 보는지는
신경도 쓰이지 않게 말이야.

그래 맞아.
너와 이렇게 지낼 수 있어서
나는 매일 웃으니까.

토닥토닥
조물조물

토닥토닥 해주고
조물조물 해준다.

내가 너에게 그랬듯이
사랑을 담아
위로를 담아
용기를 담아

네가 말로는 할 수 없었던
모든 마음을 담아

내 걱정을 토닥토닥
내 슬픔을 조물조물.

그래서
괜찮아

엄마는 힘들지 않았어,
그래도 괜찮았어,
하면 거짓말이겠다.

힘들었고
원망스러웠고
모든 신을 탓하고 싶었다.

하지만
그래서 너를 만날 수 있었구나,
하면 모든 것이 이해된다.

너를 만나려고 그런 거구나.
그래서 그랬구나.

네 손은 작지만
내 손보다 따뜻해.

네 작은 몸 어느 한구석도
따뜻하지 않는 곳이 없어.

작은 밀가루 반죽덩어리 같은 너의 손은
고단한 내 손에 부드럽게 속삭인다.

엄마, 힘들었지?
엄마, 고생했어.
엄마, 고마워.
엄마, 사랑해.
엄마, 힘내!

위로

지난 2년 동안
아무리 힘든 일이 있어도
네 앞에서는
절대 눈물을 흘리지 않았는데

오늘따라 유난히 늦게 자는 너를 토닥이다
사소했던 문제 하나가 마음 한 끝을
툭 건드리고 나니
돌인 줄만 알았던 마음 전체가
일렁이며 쏟아져나왔다.

그래도 지금은 참아야지,
라고 생각할 틈도 없이
끅끅거리며 터져버렸다.

너는 여기도 저기도 긁어달라며
잠투정 하던 것을 갑자기 멈추고는
내 눈을 가만히 쳐다보았다.

그러다 그동안은 들어본 적 없는 서러운 목소리로
나를 부르며 내 품에 안겨 울었다.

너는 울면서도 계속 뽀뽀를 해주고
"엄마 왜? 엄마 왜?" 하면서
단풍잎만 한 작은 손으로 내 두 뺨을 감쌌다.

나는 볼에도 귀에도 이마에도
너에게 수십 번이나 뽀뽀를 받고서야
정신을 차리자 싶어 눈물을 그치고
"엄마 이제 괜찮아."라고 했다.

"아가야, 미안해.
이제 엄마가 토닥토닥 해줄게." 하자,
너는 고인 눈물이 채 마르기도 전에 잠이 들었다.

나는 이제부터 아팠던 일이 떠오르려 하면
네가 날 얼마나 사랑하고 걱정하는지를
먼저 생각하기로 했다.

엄마가 울음을 그치길 바라며
엉엉 울면서도 뽀뽀를 하던 네 마음을
내가 다 알 수 있기를 바라면서.

나의 천사,
너의 우주

항상 내 곁에 있고 싶어하고
내 품 안에서 가장 편안해하고
나와 있을 때 제일 많이 웃고
자면서도 날 그리워하는 너.

나에게 화를 낸 적도
날 아프게 한 적도
내 맘에 상처를 준 적도 없는 너.

너는 나에게 얼마나 많은 사랑을 주는 사람인가.

부족한 날 최고라 생각해줘서
고마워.

불완전한 날 믿고 의지해줘서

고마워.

나를 나보다 더 사랑해줘서

고마워.

거울

머리카락 색도
눈썹 생김새도
손톱, 발톱 모양도
네 모든 것이
날 닮았어.

마치 사진 속 아기였던 나를
다시 만난 기분이야.

어쩌면 너는
하느님이 나에게 주신
두 번째의 삶일지도 모르지.

처음엔 서툴렀고

어리석었고

아팠고

힘들었지만

두 번째엔

많이 웃고

항상 행복하고

언제나 사랑받으라고.

네가 그렇게 된다면

내가 곧 그런 것이니 말이야.

반짝
반짝

엄마의 일상이란 건 그저 그렇지.
매일매일 같은 일을 반복하고
하는 일이라곤 모두 시시한 것들.

어떤 사람이라도
지금의 내 삶을 대신하고 싶다거나
부러워하진 않을 거야.

하지만 나의 시시한 반복이 만들어내는
너의 소중한 시간,
특별한 기억,
네가 힘들 때 널 위로할 아름다운 추억.

너와 함께하는 엄마의 삶은 빛이 난단다.

엄마만 볼 수 있고

우리 아기만 볼 수 있는

소중한 빛으로 반짝반짝.

네가 바꾸는
것들

이렇게 저렇게 아무렇게나 자란 강아지풀이
네 작은 손에 들려
너와 함께 신나게 달랑이는 것을 보니
이렇게나 귀엽고 사랑스러운 풀이었나 싶었다.

네 가벼운 머리칼을 살랑 날리며 가는
부드러운 바람도
네가 발을 딛는 돌 하나하나 반짝 비춰주는
따스한 빛도

나에겐 있는 줄도 모르게 당연했던 모든 것들이
너와 함께 있으니 새삼스레 아름답다.

너는 내 삶의 많은 의미 없던 것들을
하나씩 소중하게 바꿔주는 사람.

나 혼자서는 알지 못했던

나의 의미도,

나의 가치까지도.

팔베개

너의 여린 팔을 내어
나에게 팔베개를 하라고 한다.

나는 마음 편히 머리를 누이지도 못하면서
너의 품에서 달콤한 잠이 든 듯 눈을 감았다.

너는
"엄마, 진짜 예뻐."
"엄마, 너무 귀여워."
"엄마, 정말 사랑스러워."
라고 말해주며
나를 꼭 끌어안고 토닥토닥한다.

나도 예쁘구나.

나도 귀엽기도 하구나.

나도 사랑스러울 수 있구나.

나는 네가 했던 말을 생각하며

몇 번이고 몇 번이고 되뇌다 잠이 들었다.

따뜻한
선풍기

"엄마 추워." 하니까
너는 걱정하는 얼굴로
선풍기를 틀고
내 옆에서 정성껏 부채질을 해주며
시원하냐고 묻는다.

"응, 시원해."
그리고 마음이 따뜻해졌어.

아직 말도 잘 알아듣지 못하는 네가
엄마를 챙겨주는 마음에
이제는 하나도 춥지 않아.

서른 살

요란한 축하도
화려한 선물도 없었어.

케이크 위의 초를 불지도
따뜻한 미역국을 먹지도 않았어.

그럼에도
내 생애 가장 행복한 생일이
될 수 있었던 것은,

네가 날
엄마라고 불러주었기 때문에
내 볼에 뽀뽀를
몇 번이나 해주었기 때문에

얼마만큼 사랑하느냐고 물으면
이만큼 사랑한다고 말해주었기 때문에

오늘도
날 보며 웃어주었기 때문에

너의 모든 것이
나에겐 상상할 수 없을 만큼
큰 선물이었기 때문에

오늘 내 곁에 있어줘서 고마워.
그 어느 때보다
내 생일을 빛나게 해주어서
고마워.

내가 고개를 숙이며 수없이 걸었던
오늘 이 길도
이제부턴 행복한 길이 될 것 같다.

눈물을 꾹꾹 참으려 보았던 눈이 시린 하늘도
이제부턴 따스한 빛으로 보일 것 같다.

나는 노래를 들으며 엉엉 울곤 했는데
이젠 너와 함께 노래를 부르며 웃을 수 있을 것 같다.

달라진 것이라곤 하나뿐인데
내 주변이 온통 바뀌었다.

네가 나에게 왔다는 사실 하나뿐인데.

네가
있어서

"오늘은 엄마가 힘들어."
"요즘 따라 울적해."
라고 말하려다

"사랑해."로 대신한다.

사랑해.

네가 있어서
힘낼 수 있어.

날개

누가 들으면 웃을지도 모르지만
두 살짜리 널 옆에 두고
'지금부터 난 혼자'라고 연습하고 되뇐다.

'인생은 혼자다'
'삶은 홀로 견디는 것이다'
'인간은 결국 누구나 외롭고 고독하다'

지금은 내가 너로 인해
외로움도 고독함도 느끼지 못하지만

이건 내 일생 중 가장 큰 선물로 온
짧은 순간이라는 걸 잊지 않고 기억하기 위해서.

이 순간을 잊지 못해

훨훨 나는 네 모습을 지켜봐야 할 내가

네 날개 한쪽의 아픈 상처가 되지 않도록.

불량
주먹밥

하얀 쌀밥에 잘게 다진 양파, 참치와 김,
거기에 후추, 마요네즈 조금 넣고
조물조물 만든 작은 주먹밥 덩어리 몇 개.

내가 만들고서도
'나도 참 불량한 엄마다' 하고 있었다.

너는 주먹밥 그릇을 두 손으로 들고
종종종 걸어가더니
주먹밥을 한 입 먹고서는
"엄마, 진짜 잘 만들었는데!"
두 입 먹고서는
"진짜 맛있는데, 최고!"

또 한 입 먹고서는

"엄마가 정말 잘 만들었는데!"

두 입 먹고서는

"최고! 엄마 사랑해!"

네 배가 부를 때까지 주먹밥을 먹으며

이야기해줬다.

네 깊은 마음을 내가 헤아릴 수나 있을까.

네가 나를 배려하는 마음을 가늠이나 할 수 있을까.

며칠 만에 너에게 차려준 밥이라곤

고작 주먹밥이 전부인 엄마는 생각했다.

산타를 믿어 본 적이 없던 엄마가

처음으로 만들어본 트리

처음으로 가족과 기념한 시간

착한 우리 아기에게

멋진 선물을 가져다주신 산타 할아버지가

앞으로도 항상 오실 수 있도록

우리 아기 울지 않았다고

엄마가 말씀드릴게

이해
해줘

세 살짜리 너를 붙잡고
나는 매일 이해해달라고 한다.

오늘은 엄마가 아파, 좀 이해해줘.
오늘은 엄마가 피곤해, 좀 이해해줘.
오늘은 엄마가 일이 많아, 좀 이해해줘.

그런데 나는
물 컵 하나 쏟은 너를 보고
괜찮다 말해주지를 못했지.
양치를 빨리 하지 않는 너에게
천천히 하라 해주지를 못했어.

내 손바닥만 한 가슴을 가진 너는

네 몸집만 한 가슴을 가진 엄마를

매일 품어 이해하는데

나는 그런 너의 작은 마음 한 조각도

감싸지 못했다.

이해는 가슴의 크기로

살아온 시간으로 하는 것이 아니었나 보다.

상대방을 사랑하고 아끼는 마음으로 하는 거였나 보다.

너처럼.

출근

네가 눈을 뜨기 전 집을 나와
네가 저녁을 다 먹고 나서야 집에 돌아간다.

너는 달려나와 인사하며
울지 않고 기다렸다고
많이 보고 싶었다고 한다.

나는 간신히 널 씻기고
너와 동화책을 서너 권을 읽은 뒤
때로는 그조차도 하지 못하고 잠이 든다.

매일매일 꾸는 나의 긴 꿈에서도
너는 나오지 않는다.

너와 행복하게 살려면
엄마는 열심히 일해야 하는데,

엄마가 열심히 일해서
너와 행복하게 지내지 못하는 것 같다.

오늘 이른 아침 눈을 뜬 너는
"엄마 출근하지 마."라고 했다.
"엄마는 일하러 가야 해.
씩씩하게 있을 수 있지?" 하니
너는 또 알았다고, 잘 다녀오라며 날 보냈다.

그리고 오늘도 집에 돌아왔을 때
"울지 않고 기다렸어. 엄마 많이 보고 싶었어."
또 다시 그렇게 말했다.

파도
자장가

혼자라면 쉽게 잠이 오지 않았을 밤이다.
이런저런 괴로운 고민에
아마 눈물도 조금 흘리다
다 포기하자 했을 것 같다.

하지만 너와 함께 있는 밤이어서
나는 또 웃으며 잠이 든다.

네가 귀여워서 웃고
네가 나를 예쁘다 해서 웃고
네가 부르는 가사가 조금씩 이상한
노래를 듣고 웃는다.

어차피 처음부터 해결할 수도 없는 고민들이었다.
낮이면 밀려갔다 밤이 되면 다시 밀려와
마음을 철썩 때리고는
의미 없이 부서져버리는 내 고민들.

혼자였더라면 멍하니 서서
마음이 시퍼렇게 멍이 들 때까지
맞고만 있었을 것 같다.

파도도 네 노래가 귀여웠나봐.
네가 예쁘다 하는 게 좋았나봐.
그래서 너를 따라 잔잔히 엄마를
잠 재워줬나봐.

잘 먹어주어서 고마워.
잘 놀아 주어서 고마워.
다치지 않아서 고마워.
오늘도 다 고마워.
잘 자렴, 내 아기.

못난이

내가 기분이 상해 뾰로통해 있으면
너는 다가와 다정한 목소리로
"엄마는 정말 예쁘다." 하는데

글쎄,
나의 어디가 그렇게 예쁜 걸까?
너에겐 어디가 그렇게 사랑스러워 보이는 걸까?

너는 그 누구도, 엄마조차도 알지 못하는
나의 어떤 점을 그렇게 사랑해주는 것일까?

어디가 예쁘냐고 물으면
내 얼굴이 예쁘다 하는데
거칠고 생기 없는 내 얼굴이
어째서 너에겐 예뻐 보일까?

내가 너의 엄마라는 이유 하나로
이렇게 사랑을 받아도 되는 것일까?

어째서 나는 너에게 받는 사랑이
과분하게만 느껴지는 못난 엄마일까?

엄마의
키

크지 않은 내 손 위에
네 두 발을 다 올려두어도
손바닥이 이만큼이나 남았었어.

마음껏 토닥이기에도
사랑하는 만큼 꼭 안아주기에도
겁이 날 만큼 작은 아기였어.

근데 이제 내 손으로 네 발 하나를 감싸지 못할 만큼
내 팔을 너에게 올려 기대 잠들 만큼
언제 이렇게 자랐을까?

그리고 나는 엄마로서 얼마나 자랐을까?
우리 아기만큼은 자랐을까?
그랬을까?

사랑은 너처럼 하는 거구나.

사랑하면 사랑한다고 말하고

좋아하는 만큼 만지고 안아주고

사과를 받으면 잘못은 바로 용서해주고

힘들어하면 옆에서 토닥여주고

얼마나 예쁘고 사랑스러운지 끊임없이 말해주면서

그렇게 하는 거였구나.

사랑하는 만큼 사랑해주는 게

부끄러운 게 아니었구나.

사랑을 받는 게

이렇게 행복한 거였구나.

사랑은 그냥 너처럼 하면 되는 것이었어.

엄마의 사랑을
들려줄게

엄마는 많은 사랑에 실패했단다.

그중엔 아름답다 꼽을 만한 사랑도 더러 있었지만

끝이 좋지는 못했어.

엄마는 항상 궁금했어.

왜 나는 내 사랑에 모든 것을 쏟아부어도

내가 원하는 만큼의 만족스런 사랑을 받지 못하는 것일까.

왜 내 사랑은 극적이지 못하고

운명적이지 않은 것일까.

엄마는 지치지도 않고

실패하면 다시 도전했고

또 실패해도 또 다시 도전했어.

이제는 너무 지치고 힘이 들어서

다 포기하자 했을 때에도

있는 힘을 다해 마지막 도전을 했어.

하지만 네가 알고 있듯이 결국엔 실패로 돌아갔지.

그래서 나는 안타깝게도

네가 이제 막 누군가와 사랑하려 할 때

네가 어떡해야

널 행복하게 해줄 사랑을 할 수 있을지

또 어떻게 그 사랑을 오래 간직할 수 있을지는

말해주지 못할 것 같아.

하지만 아이야,

어떤 사랑은 그래,

사랑한다 말을 듣지 않고

눈만 바라보아도 나를 얼마나 사랑하는지 알겠더라.

가슴이 찌릿찌릿하진 않은데

마음속에 초를 켜둔 것처럼

하루 종일 그 사람의 온기로 따뜻해지더구나.

그 사람이 나를 힘들게 한 것은

기억에 남지도 않고

나는 또 무엇을 해서 그 사람을 기쁘게 해줄까

그 생각만 하게 된단다.

먹을 것을 살 때에도

그 사람이 좋아하는 것만 사게 되어

내 것은 아무것도 사지 못하게 된단다.

그래도 힘들고 속상하지 않고

그 사람을 사랑할 수 있단 것 자체가 감사하단다.

엄마는 너를 만나고서 알았어.

사랑은 그렇기도 하다는 걸.

나도 진짜 사랑을 할 줄 아는 사람이라는걸.

불행히도 세상 모든 부모가

자신의 아이를 진심으로 사랑할 수만은 없기에

엄마는 너와 함께 사랑할 수 있단 것을

내 삶의 큰 행운 중 하나라 생각하고 있어.

그러고 나니

하나씩 보이기 시작했단다.

엄마가 할머니와 할아버지를 사랑하는 것도

너의 이모와 삼촌을 사랑하는 것도

엄마의 친구들을 사랑하는 것도

우리 집 강아지 두 마리를 사랑하는 것도

집 없는 길고양이를 사랑하는 것도

오늘같이 맑은 공기를 사랑하는 것도

아이야, 사랑은
이렇게 여러 가지 모습으로 있단다.

그중 하나의 사랑이 좀 예쁘지 않았다 해서
네가 사랑에 실패했다거나
사랑받지 못한다는 생각은 하지 않았으면 좋겠어.

엄마는 너무 늦게 알아서
오랜 시간 마음이 아팠지만
너는 그러지 않았으면 좋겠어.

사랑의 아픔을 겪는 것도 사랑을 배우는 것이라
꼭 거쳐야만 한다면
너는 그 시간이 길지 않았으면 좋겠어.

그 시간이 너의 모든 것을 흔들어
네 자신을 위태롭게 하진 않았으면 좋겠어.

'괜찮아,

나는 여전히 사랑받는 사람이고

또 사랑할 수 있는 사람이야'

라고 생각할 수 있었으면 좋겠어.

2

미
안
해

하느님
우리 아기 아프지 않고
건강하게 해주세요
아파야 한다면
제가 대신 아프게 해주세요
하지만 우리 아기가
저를 필요로 할 때까지는
건강하게 아기 곁을 지키게 해주세요
다른 것은 바라지 않을게요
다른 것은 제가 다 잘할게요
아픈지만 않게 해주세요
건강하게만 해주세요

약속

혼자서도 잘 해낼 수 있다고,
누구보다도 널 행복하게
키워낼 수 있다고 자신했어.

하지만 모든 걸 다 가졌던 내가,
너의 아픔을 겪어본 적도 없는 내가,
너에게 잘할 수 있을 거라고
말하는 건 아닌지,
난 그런 생각을 해본다.

너의 마음을 이해할 수 있다는 말
너의 아픔을 헤아릴 수 있다는 말
모두 다 괜찮다는 말
나는 그런 말을 해줄 수는 없겠지만

너의 마음이 어떤지
네가 얼마만큼 아픈지
내가 너와 같이 알 수 있도록,
그리고 그 모든 것이
정말 다 괜찮아질 수 있도록
최선을 다해서 노력할게.

엄마가 약속할게.

그렇게
해줄 수 있어

아무리 노력해도
나 혼자서는
해결해줄 수 없는
일이 있다는 걸 알아.

할 수만 있다면
어떻게든 해주고 싶은데
사람들은 안 된대.
그건 어쩔 수 없이
네가 감당해야 할 몫이래.

나는 너에게
웃음만,
행복만을 주고 싶었는데
벌써 내릴 수 없는

무거운 짐 하나를 건넨 것 같아.

때로는 그 짐에 힘겨워하는 널
애써 모른 척하며
기다릴 수밖에 없다는 것도.

그 아픔을 고쳐줄
약을 줄 수 없다는 것도 알아.

내가 너의 무거운 짐을
대신 들 수 없다면
나는 그런 너를
번쩍 들어 안고 걸어갈 거야.

모난 길도, 질퍽한 길도

난 너를 안고 걸을 수 있어.

그렇게 해줄 수 있어서

너와 함께하기로 한 거야.

연습

혼자 생각할 수 있는 틈이 생기면
자꾸 연습을 하게 된다.

"나는 왜 아빠가 없어?"
"친구들이 아빠 없다고 놀렸어."

언젠가 생길 너의 아픔에
어떻게 말해야
네 마음을 치유할 수 있을까.
어떻게 행동해야
너에게 용기를 줄 수 있을까.

내가 해줄 수 있는 최선의 위로는 무엇일까.

다섯 명의
아빠

아빠는 말이야,
어떤 사람이 세상에 나올 수 있도록
해준 사람을 말하거나
그 사람을 낳아주지 않았더라도
사랑으로 정성껏 돌봐주고 길러주는
사람을 말하는 거야.

우리 아기는
엄마, 할머니, 할아버지, 이모, 삼촌 모두가
사랑해주고, 예뻐해주고
걱정해주고, 챙겨주고 있어.
다 같이 우리 아기를 돌봐주고 있단다.

아가야,

아가는 아빠가 없는 게 아니라

다섯 명의 아빠가 있는 거야.

엄마 아빠,

할아버지 아빠,

할머니 아빠,

이모 아빠,

삼촌 아빠.

언제
쯤

내가 손을 닦는데
네가 비누를 만졌다.

"안 돼, 하지 마."라고 했는데
너는 나에게 비누를 건넸다.

둘둘 말아둔 기저귀를 손으로 집길래
"지지야, 내려놔."라고 했는데
너는 그것을 들고가선 쓰레기통에 집어넣었다.

우리 아기가
언제 이렇게 컸을까.

네 작은 머리와 마음속에
언제부터
내가 헤아리지도 못할
마음씨가 담긴 걸까.

나는 언제쯤이면
널 온전히 이해하는
엄마가 될 수 있을까.

알아

네가 날 많이 사랑하고 있다는 것 알아.
날 힘들게 하려는 게 아니라는 것도 알아.

네가 즐거우니까
엄마도 즐거우라고

네가 웃음이 나니까
엄마도 웃어보라고

그래서
이런저런 장난을 치는 거란 걸.

너의 즐거움을
귀찮음으로,
너의 웃음을

한숨으로 받는
엄마의 잘못이란 걸 알아.

엄마가
우리 아기만큼 마음이 예쁘질 못해서
우리 아기만큼 순수할 수가 없어서
그런 거란 걸.

그냥 이대로여도 괜찮았어.
배가 나오고
피부가 거칠어지고
흰 머리가 그득해도

나는 엄마니까.
엄마로서만 살기로 마음먹었으니까
상관하지 않았어.

그런데
내가 못난 사람이 되면
나중에 친구들 앞에서 우리 아기가 부끄러울까?

나는 못난 사람일지언정
너에게 창피한 엄마는 되고 싶지 않아.

누가 봐도 예쁜 엄마는 아니더라도

우리 아기에겐 아름다운 엄마로 보이고 싶어.

이제 엄마가 그렇게 되도록 노력할게.

아빠
곰

'아빠'라는 말을 너에게 어떻게 가르칠까.
가르쳐준 적이 없어도
이젠 네가 스스로 말을 해.

아빠 곰이 없어서
〈곰 세 마리〉도 불러주지 못하는 나는
마음이 찌릿하다.

나의 아기 곰아,
아빠 곰의 사랑을 엄마 곰이 대신 전해줄게.

아빠 곰은 너를 아주 많이 사랑한대.

약

"오늘따라 왜 이렇게 보채니." 하고
너를 바라보면
보챌 이유가 있었다.

바보 같은 내가
먼저 알아채지 못했을 뿐.

빨리 알아주지 않았다 해서
넌 날 원망하지도 미워하지도 않았다.

그저 내 품에 오래 안겨 있고 싶어했을 뿐.

몰라줘서 미안해
귀찮아해서 미안해
엄마가 다 미안해.

깃털

훗날 늙어버린 내 인생을
네가 대신하여 책임지겠다는 생각은
하지 말렴.

내가 너를 가지길 소망했고
네가 행복해지길 내가 가장 바랐어.

내가 원했던 일에 대한
마땅한 책임을 지는 것일 뿐이야.

네가 행복한 것이
내가 가장 행복한 것이라
나를 위해 노력한 것일 뿐이야.

자유롭게
네가 원하는 삶의 모습으로 살렴.
나의 아가야.

내가 너를 정말 사랑했다는 것
그것만 네가 알아준다면
그걸로 나는 감사할 거야.

곰 여섯 마리가 한집에 있어.
할아버지 곰, 할머니 곰,
엄마 곰, 이모 곰, 삼촌 곰,
애기 곰.

할아버지 곰은 딴딴해.
할머니 곰은 물렁해.
엄마 곰은 퉁퉁해.
이모 곰은 날씬해.
삼촌 곰은 뚱뚱해.
애기 곰은 너무 귀여워.
으쓱으쓱 잘한다.

1년 동안 너와 함께 꽃도 보고,
비도 보고, 단풍도 보고, 눈도 보고.

그동안 엄마는 너로 인해
수없이 웃을 수 있어서
너에게 고마웠고,
그만큼 너에겐 돌려주지 못한 것 같아
많이 미안했어.

우리 아기는 어땠어?
즐거운 날이 많았어?
언제 가장 행복했어?
어떤 일로 마음이 아팠어?
슬플 땐 엄마가 잘 달래주었어?

나중에 다 기억해서 말해줄 수 있어?

그럼 엄마가 다행이었다고

또 미안했었다고 말해줄게.

나는 너에게 "엄마 말 잘 들어야지."라고
자꾸 말하게 된다.
하지만 생각해보면
너처럼 내 말을 가장 많이 들어준 사람도 없다.

최선을 다해서 열심히 말하는
네 말을 잘 알아듣지 못해서
제대로 들어주는 것조차 못 했던 걸로는
엄마가 더 빵점이다.

그런 것으로 혼날 것 같았으면
나는 하루에도 몇 번이나 너에게 꾸중을 듣고
의자에 혼자 앉아 반성해야 했다.

이젠 엄마가 네 말을 더 잘 들을게.
말도 안 되는 것 같은 이야기도 귀담아 듣고
네가 왜 그런 말을 했을까,
고민해볼게.

그리고 네 말을 잘 듣고
엄마가 잘 지킬 수 있도록
지금보다 더 많이 노력할게.

엄마가 스스로 알 때까지
사랑으로 기다려주어서 고마워.

엄마
울지 마

잠이 오지 않아서 더 놀고 싶었지만
어두운 방 안에 엄마가 혼자 있으면
무서워서 울까봐
너는 문고리를 잡고서도
차마 문을 열지는 못했어.

내 얼굴을 쓰다듬어주고
내 볼에 뽀뽀해주고

"엄마, 울지 마." 하고는
내 옆에 누워
나를 몇 번이나 토닥였다.

하루만 혼자 있고 싶다고
하루만 혼자 편히 잠들어 봤으면 좋겠다고
나는 생각했는데…….

그 어둠 속에서도 네가 울지 않고
혼자 잠들 수 있기를 나는 바랐는데…….

이렇게나 큰 엄마가 무섭지 않도록
너는 내가 잠들 때까지 나를 꼭 안아주었다.

아휴

나는 오늘도
'아휴, 지친다'
해버리고 말았다.

하지만 너는 내게
나와 함께하는 것이
힘들다 말한 적이 없었어.

내가 고개를 푹 숙이고 주저앉아 있으면
다가와서 날 꼭 안아주고
엄마 예쁘다, 말해주었지.

긴 하루 중
너와 눈을 마주할 수 있은 시간은
얼마 되지도 않는데

내가 지친 이유는 너 때문이 아닌데

나는 네 앞에 와서야 '지친다' 해버리고 만다.

너마저 없었다면

이만큼의 힘도 내지 못했을 거면서.

다행
이야

엄마는 너를 만나서 너무 행복해.
네가 내 아들이어서 정말 다행이야.

우리 아기는 어떨까?

엄마를 만나서 행복하다고 생각할까?
내가 너의 엄마여서 다행이라 생각할까?

우리 아기가 그렇게 느끼도록
지금 내가 잘하고 있는 걸까?

꾹

끝까지 붙잡고 양치를 시키고
울고불고 떼를 써도 봐주지 않고
정리를 시킬 때
엄마가 가장 미웠니?

그렇지만 네가 엄마를 가장 미워할 때
그때 엄마는 널 가장 사랑하는 마음으로
널 생각하고 있다는 걸 알 수 있을까?

우리 아기 아프지 말라고
우리 아기 바르게 자라라고
우리 아기 멋진 사람이 되라고.

네가 원하는 건 뭐든지 해주고픈 엄마가
가장 힘들게 꾹 참고 있는 때란 걸 말이야.

슬퍼하지 마,
아가야

때로는 말이야,
네가 가깝다 느끼는 사람들조차
너를 아프게 할 수도
너를 이해하지 못할 수도 있어.
네 진실한 마음을 알아주지 않을 때도 있고
네 깊은 상처를 외면할 때도 있을 거야.

하지만 아가야,
슬퍼할 것 없어.

널 제일 잘 아는 엄마가
네 소리를 가장 먼저 들어준다면
네 마음을 가장 먼저 알아준다면 말이야.

널 제일 사랑하는 엄마가

가장 큰 힘이,

가장 큰 위로가 될 테니까 말이야.

맑은 공기, 높은 하늘
그런 곳에 네가 있었다면 좋았을걸.

매일매일 뛰고 싶은 날은 언제나
네가 뛰어나갈 수 있는 곳이었음 좋았을걸.

원래 다 적응하며 사는 거지,
유난 떨기도 귀찮아서 못 하겠다,
대충 그냥 편하게 살자,
나는 그러고 살아왔는데

너를 낳고 나서 엄마라는 사람은
그렇게 마음먹을 수 없는 존재라는 걸 알았다.

'공기가 정말 왜 이런 거야?' 화를 내며
공기가 맑아지는 날을 기다리다가
성능 좋은 공기 청정기를 사고
'공기 맑은 곳에서 널 낳을걸' 하다가
결국 "아가야, 엄마가 미안해."라고 한다.

엄마가 더 좋은 곳에 살았다면
네가 더 행복했을 텐데
그러지 못해서 미안해.

절대 그러지 말자, 결심하고는
너에게 짜증을 냈다.
사실 네가 말썽부린 것이 아니라
내가 돌보지 못한 책임인 것을,
네가 답답한 것이 아니라
내가 참을성이 없는 것을,
내 잘못인 줄 알면서
부족한 엄마인 것이 창피해
너를 탓했다.
엄마가 미안해.
엄마가 더 잘할게.

어떤
만남

너는 어떤 모습을 기대하고 세상에 나왔을까.
내 뱃속에선 어떤 엄마를 꿈꾸며
만나기를 바랐을까.

네가 기대했던 만큼
세상은 웃음이 넘치고 따뜻할까.
네가 내 뱃속에서 바랐던 만큼
나는 사랑이 많은 엄마일까.

육아를 하는 것이 생각과는 너무 달라
나는 참 힘들다 말했는데
네가 나와 살아가는 모습은 기대한 만큼 편안했을까.

나는 매서운 눈으로 널 바라보며
엄마 말을 잘 들어야 한다 했는데
너는 엄마의 그런 얼굴을 그려본 적이 있을까.

나는 너를 제일 잘 아는 사람이 되겠다고 했는데
지금 나는 네 마음을 얼마나 알고 있을까.
너는 네 모습 그대로
나에게 얼마나 이해받고 있다고 느낄까.

들어주지 않을 거란 걸 알면서도
널 설득하려 말해볼 때가 있다.

그냥 안 된다고는 할 수 없어
이런저런 이유를 붙여보는데
사실 숨어 있는 이유 중에는
나의 피곤함과 귀찮음도 있다.

아직은 이해하기 힘들겠지?
그래도 몇 번은 더 떼를 쓰겠지?
이렇게 생각하고 기대를 하지 않는데,

넌 가끔씩 그런 내가 놀랄 만큼
내 말을 잘 따른다.

날 이해해주고 따라주는 네가
정말 예쁘고 기특하지만
엄마가 혼자인 탓에
네가 너무 일찍 철이 드는 것 같아
마음이 아프다.

고마워.

하지만 이젠 네가 너의 시간 안에서
천천히 자랄 수 있도록
엄마가 너의 말을 잘 들어줄게.

아빠는 언제 오냐고 묻는
일곱 살 형아의 질문에
너는 잠시 멈칫거리다 아홉 시에 온다고 대답했다.

그게 남들이 다 보낼 때가 되었다 해도
여태 널 어린이집에 보내지 못했던 이유였다.

네가 아빠라는 존재를 안다면
그렇지만 너에겐 아빠가 없다는 것을 안다면
네가 얼마나 놀라고 아파할까.

그게 걱정되고 무서워서 보낼 수가 없었다.

그렇지만 미룬다고 해서
겪지 않을 일은 아니었나 보다.

엄마가 아무리 알려주지 않으려 해도

네 마음속엔 아빠가 있었나 보다.

그리고 너에겐 엄마가 항상 아홉 시에 오는 것처럼

아빠도 아홉 시에 너의 마음을 두드리나 보다.

그게
아니야

때로는 나에게
섭섭하다 할 수도 있겠지.

가끔은 내가 널
미워한다고 느낄 수도 있을 거야.

그럴 땐 아가야,
엄마가 널 몹시도 사랑한
아주 많은 날들을 기억해줄래?

널 맛있게 먹이고
즐겁게 놀게 하기 위해
온 하루를 보냈던 날들.

널 포근히 재우기 위해

누워 잘 수도 없었던 엄마의 밤.

너의 기쁨이

나의 모든 일에 대한 이유가 된,

너의 행복이

나의 모든 일에 대한 목표가 된,

지금까지, 오늘, 그리고 앞으로의

내 모든 날들.

이런 날들을 생각하며 오늘을 이해해줘.

섭섭하게 해서 미안해.

미워한다 느끼게 해서 미안해.

내 마음에도
너밖에 없단다

너의 마음엔 나밖에 없나 보다.
네가 즐거운 일은 내 얼굴을 보는 것뿐인가 보다.

나의 마음속엔 여러 가지가 있어서
내가 재미있어 하는 일은 너무 많아서
가끔씩 너와 함께 모든 일을 하는 것을
버거워하나 보다.

너는 오늘이 지나고 내일이 오면
더 많이 나를 찾고, 더 많이 좋아해주는데
나는 한 번씩 혼자 있고 싶은 마음이 든다.

나를 귀찮게 하는 네가 문제가 아니라
내 마음에 너만 담지 못했던
내가 문제였나 보다.

좋은
엄마

요즘 내가 하는 엄마 노릇이라곤
늦은 시간 퇴근길에
네가 먹고 싶다는 간식을
사들고 가는 일뿐인 것 같다.

네가 넘어졌을 때 널 달래주지 못하고
네가 혼자 변기에 앉을 때 칭찬해주지 못하고

늦은 밤
미안한 얼굴로 집에 들어와
현관 앞에 귤 한 봉지
아이스크림 한 통 내려두고서
너에게 가장 큰 사랑을 받아보겠다고
쪼그려앉아 두 팔을 벌린다.

너는 한껏 신이 난 목소리로

엄마를 부르며 달려나와

나를 꼭 안았다.

그래도 나를 엄마라 부르는구나,

그치만 좋은 엄마가 되는 건 참 어렵구나

생각하며 "미안해."라고 말했다.

이런 결정을 하고 나서 가장 두려운 것은
사람들의 시선도 아니고
홀로 견딜 삶의 무게도 아니다.
훗날 네가 나의 선택이 잘못되었다고
날 원망하진 않을까 하는 두려움이다.

너를 위해서 내린 결정이었다 하면
내 잘못과 실수에 대한 변명이 될 것 같아,
그것도 생각지 않기로 했다.

하지만 모든 것이 완벽할 수는 없었던
제한된 조건 안에서
내가 가장 우선에 두었던 것이
너의 행복이었다는 건 자신 있게 말할 수 있다.

그 최선의 선택이

너에겐 이런 모습이어서

미안해.

그저 모든 선택과 결정에서

널 염려하지 않은 것은 아니라는 것,

더욱이 너의 잘못이 아니라는 것,

그것만 알아주었으면 좋겠다.

네가 없었다면 모든 것이
불가능했을 거야

이혼을 하기로 결심했던 날

너는 참 많이 아팠다.

네가 100일이 좀 지났을 때였는데

병원에 며칠을 다녀도 나아지지 않아

결국 입원을 할 수밖에 없었다.

나는 아기가 자라면서

한 번씩 아픈 것은 당연한 것이니

너무 호들갑떠는 모습은

아기에게도 좋지 않을 거라 생각했다.

그래서 침착하고 의연하게 버티려 했는데

간호사가 주사 바늘을 꽂기 위해

널 안고 휙 가버렸을 때엔

병실의 빈 침대를 바라보며 주저앉아

펑펑 눈물을 쏟고 말았다.

이 침대를 쓸 사람이라고 하기엔

너는 침대 한 귀퉁이도 채우지 못할 만큼 작았고,

또 심적으로 많이 힘들었던 내가

널 제대로 돌보지 못해

네가 아픈 것 같았기 때문이다.

나는 누워서는 편히 자지 못하는 널

하루 종일 안고 있어야 했다.

네가 잠든 시간에도

나는 네 약과 치료를 챙겨야 했기 때문에

제대로 잠을 잘 수도 없었다.

네가 며칠 동안 아무것도 먹으려 하지 않아서

내 젖은 아프다 못해 말라갔고

피로가 쌓인 탓에 잇몸이 퉁퉁 부어
음식을 먹기도 힘들었다.

거기에 이혼이라는 고민이 더해져
몸과 마음이 말도 못 하게 고된 상황이었는데,
커다란 환자복을 둘둘 걷어 입힌 너를 보고 있으니
미안함과 죄책감에 그런 생각은 나지도 않았다.

어떤 것이 옳은 방향일까?
어떻게 해야 네가 행복할까?
내가 혼자서 너를 키울 수 있을까?
네가 받을 상처가 얼마나 클까?
내가 너에게 부담이 되는 날이 오지는 않을까?

수많은 질문들을
스스로 반복하고
또 반복하며 물었다.

명확하게 좋은 선택과 나쁜 선택이 있었다면

결정하기가 좀 수월했겠지만

어떤 선택을 해도

너에겐 아픔이 있을 수밖에 없어 괴로웠다.

나는 그냥 네가 밝고 행복하길 바라는 것이 전부인데

결국 나도 널 그렇게 해주지 못하면 어쩌지.

나와 함께 있으면 물질적으로 풍족하지 못할 텐데

커서 그런 선택을 한 날 원망하면 어쩌지.

너에 대한 사랑 하나로만 널 키우겠다는 한 것은

내 욕심일 뿐이었다 하면 어쩌지.

엄마가

애초에 좀 더 현명했더라면

네가 이런 일을 겪지 않아도 됐을 텐데.

그런데 그랬더라면

나는 지금의 너를 만나지 못했겠지.

그래서 엄마는

다시 돌아가도 다른 선택을 할 수는 없을 것 같아.

내가 너를 이렇게 만나버린 이상

너 없이 나 혼자 행복하게 살아가는 것을,

아니면 다른 아이를 안고 살아가는 것을

선택할 수는 없어.

엄마가 너를 만나 행복한 것처럼

네가 나를 만난 것으로 행복한 일이 될 수는 없을까.

이기적인 엄마라서 미안해.

나는 내 팔에 안겨 잠든 너를 어루만지며

미안해,

미안해,

엄마가 정말 미안해, 라는

말만 계속 속삭였다.

이기적인 엄마라서 미안해,

미안해, 미안해,

엄마가 정말 미안해.

고맙게도 너는 여러 치료와 검사에도 울지 않고

씩씩하게 잘 지내주었다.

하지만 너와 함께 있어야 하는 나는

혼자서는

화장실에 갈 수도

밥을 먹을 수도

씻을 수도 없었다.

할머니가 항상 간이침대에서 쪽잠을 자며

곁을 지켜야 했고,

할머니가 올 수 없을 땐

할아버지가 그 자리를 대신해주었다.

삼촌과 이모는 퇴근 후 매일 병원에 들렀고

지친 날 대신해 삼촌이 너를 업고

병원을 몇 바퀴나 돌곤 했다.

하지만 몸이 편하면

어김없이 이혼에 대한 걱정이

끊임없이 찾아와 머릿속 이곳저곳을 들쑤셨다.

생각해보면

나는 여태 혼자서도 잘 키우고 있었다.

아기를 낳으러 갈 때도 동생과 둘이 갔고

분만실에 들어가기 전까지 남편 얼굴도 보지 못했지만

소리 한 번 내지 않고 잘 참았다.

산후조리원 생활도 오롯이 혼자서 해야 했지만

힘들다 생각이 들었던 적은 없다.

그간 아기를 키우면서 남편 얼굴을 본 것은

서너 번이 전부였지만

나는 오히려 혼자여서 편하다고도 했었다.

우리 가족은 항상

너에게 사랑을 쏟아줬고

앞으로도 변함없이 그럴 것이다.

아빠 한 명의 사랑은 받을 수 없겠지만

할머니, 할아버지, 이모, 삼촌

네 명의 사랑을 더 받을 수는 있을 것이다.

지금껏 잘해왔는데 겁부터 먹을 필요 있을까?

이런 생각이 들자

용기가 생겼다.

나는 새로운 우리 여행의 시작부터

미리 아픔을 계산해넣지는 않기로 했다.

너에게 해줄 수 없는 일을 생각하며

마음 아파하기보단

내가 더 많이 해줄 수 있는 것들을 생각하며

최선을 다하자 결심했다.

내가 내린 결정인 만큼

너에게 더욱 많이 웃고

행복한 엄마의 모습을 보여주자 다짐했다.

우리의 여행은

빛나고 아름다운 길로 향할 것이 분명하다고 생각했다.

지금 병원에서의 시간이

우리가 마지막으로 아픈 시간이라고

지금이 우리가 제일 힘든 시기라고

이곳에서 나간 뒤엔

지금보다 항상 좋은 일만 있을 거라고 믿었다.

가끔 내가 혼자였더라면,

지금처럼 가족과 함께하지 않고

나 혼자였더라면,

이렇게 긍정적인 마음으로

이혼을 결정할 수 있었을까, 생각해본다.

아마도 하지 못했을 것 같다.

지금도 엄마가 편히 일할 수 있도록

널 사랑으로 보살펴주는

할머니와 할아버지가 없었더라면,

나보다 널 더 많이 안아주고

온몸으로 너와 놀아주는 삼촌이 없었더라면,

내가 지난 2년 동안 집에서 온전히 너만 돌볼 수 있도록

내 몫의 일까지 대신 해주었던 이모가 없었더라면,

나는 지금처럼 많이 웃지는 못했을 것 같다.

그리고 무엇보다

네가 없었더라면

내 삶의 가장 용기 있는 결정을

해내지는 못했을 것 같다

네가 있어서 용감해질 수 있었고

네가 있어서 씩씩해질 수 있었다.

네가 있어서 행복할 수 있었고

네가 있어서 희망을 가질 수 있었다.

네가 없었다면

모든 것이 불가능했을 거야.

3

고
마
워

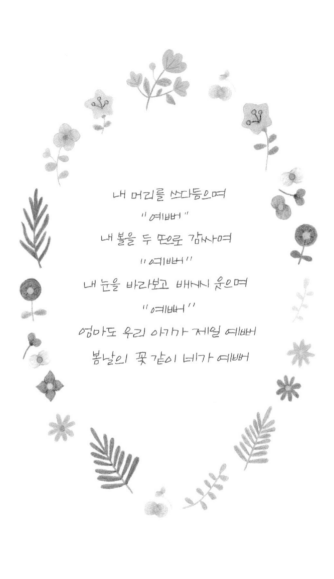

내 머리를 쓰다듬으며

"예뻐"

내 볼을 두 손으로 감싸며

"예뻐"

내 눈을 바라보고 배시시 웃으며

"예뻐"

엄마도 우리 아가가 제일 예뻐

봄날의 꽃 같이 네가 예뻐

가장
소중한 선물

나로 하여금

한 사람이 만들어지고

완성된다는 것.

내가 한 사람에겐

인생의 전부가 된다는 것.

그 두려운 책임감이

행복으로 바뀌는

마법 같은 일이 일어났어.

널 만난 뒤 말이야.

내가 한 사람에게
아주 특별한 존재가
될 수 있다는 것을.

내 생애
가장 아름다운 선물로
가지고 온 너.

너의 두 손에도
나의 넘치는 사랑을 선물할게.

시간을
거꾸로 돌려도

누군가 내 시간을 거꾸로 돌려준다고 해도
나는 같은 선택을 할 거야.

그동안의 아픔을 다시 겪어야만 한다고 해도
나는 널 다시 만나기를 선택할 거야.

이따금 생각해보긴 했어.
그때 내가 반대의 선택을 했더라면……
내가 여전히 철없고 발랄한 아가씨였다면……

그랬다면
나는 덜 아팠겠지?
지금보단 덜 울었겠지?

그러나 너를 만날 수 없다면……
세상 어디에서도
너와 한 끝의 인연도 닿을 수 없다면……

누군가 내 시간을 거꾸로 돌려,
다시 선택을 하라고 하면
나는 어떤 선택을 할까?

분명 아픈 길임을 알아도
또다시 많이 울어야 한다 해도

나는 사랑스런 내 아기를
다시 만나기로 결정할 거야.

지금 잠깐, 아주 잠깐

네가 없이 살아간다는

상상을 해본 것만으로도

마음이 쿵 하고 떨어질 것 같으니.

별나라

잠자는 모습을
가만히 바라보고 있으면
한 번씩
네가 히죽히죽 웃곤 해.

그럼 엄마는
오늘 하루 우리 아기가 행복했구나,
하고 안심이 된단다.

너를 행복하게 해주려고
엄마가
별나라에서 우리 아기를
불러왔거든.

엄마가 잘 불러온 거 맞지?

쓰다듬고
또 쓰다듬고

네가 자는 모습을 보고 싶어 잠들지 못한다.
지금 자지 않으면 분명 내일 피곤할 테지만
그래도 널 좀 더 바라보고 싶다.

길게 감긴 눈 위에 가지런한 속눈썹
봉긋하고 반질반질한 이마
점 하나 없이 뽀얀 두 뺨
짤막한 코에 작은 콧구멍
그리고 참새같이 삐죽 내민 입술.

가만히 보고만 있기엔
너무나 사랑스러워서
머리를
볼을
손을

쓰다듬고 쓰다듬고

어루만지고 또 어루만진다.

이렇게 예쁜 네가

어떻게 나에게서 나왔을까.

이 작은 몸 안에

어떻게 나와 같은 모든 것이 들어 있을까.

네가 뱃속에 있을 때

나는 쑥스러워 너에게 말을 걸지도 못했는데

너는 어쩜 이렇게 나에게 사랑을 주는 사람일까.

발가락

옥수수 같은 네 발가락
알사탕 같은 네 발가락.

못생긴 내 발을 닮아도
귀엽기만 한 네 발가락.

'아무리 귀엽다 해도
어떻게 발에 뽀뽀를 해'
라고 했던 내가
틈만 나면
만지고 깨물고 뽀뽀하는
사랑스런 너의 발가락.

큰
선물

인생의 많은 부분이
내 예상과는 다르게 흘러왔다.

그래서 내가 널 만나서
이렇게 사랑하게 되고
행복해질 줄 나는 미처 몰랐어.

계획대로, 뜻대로 되지 않는다고 해서
잘못되거나 실패한 인생이 아니란다.

그렇기 때문에
상상할 수도 없었던
큰 선물이 주어질 수도 있거든.
엄마에게 너란 선물이 생겼듯 말이야.

너에게
들고 싶은 말

엄마 보고 싶어,
사랑해, 라는
말은 못하더라도
이런 말은 네가 어서 할 수 있었으면 좋겠어.

엄마, 배고파.
엄마, 여기가 아파.
엄마, 어디 가고 싶어.
엄마, 이건 맛있어.
엄마, 이건 맛없어.

내가 모르고 지나쳐서
네가 아프거나 서운한 일이 없도록 말이야.

네 소중한 하루하루가

더욱 만족스럽도록 말이야.

28도

한겨울
네가 추울까봐 땀이 흐를 정도로
방 안의 온도를 높이고선
네가 또 더울까봐
내복의 긴 소매를 착착 걷어 올려주는
할아버지의 온도, 28도.

"아빠, 너무 더워. 여름엔 28도면 에어컨 틀어."
하면
"그건 여름이고 지금은 겨울이지."

한밤중
엄마가 슬며시 온도를 낮춘 뒤
아침에 눈을 떠 보면
어김없이 빨간불로 돌아가는 28도.

새벽까지 잠 못 들고 뒤척이는 밤,
화장실에 다녀온 할아버지가
빼꼼 문을 열고 들어와 바라보는 것은
잠 못 드는 엄마가 아닌
빨간불로 열심히 돌아가는 보일러.

"이리와 봐, 팔 좀 걷어 줄게."가
잘 자라는 인사가 되어버린

할아버지가 너를 사랑하는
가장 뜨거운 온도
28도.

고요한 방 안에
울리는 웃음소리

어두운 방

좁은 침대에 너와 누워

못다 했던 이야기를 하고

네가 하고 싶었던 장난

내가 받고 싶었던 뽀뽀

서로 실컷 하며 까르르 웃는다.

고요한 방 안이

웃음소리로 가득 차면

기분 좋은 따스함에

스르르 잠이 들고

이른 새벽 깨어보면
내 옆에서 곤히 잠든
너의 모습.

사랑한다
우리 아기.

잘 자라
우리 아기.

봄이 오는
길목에서

아가야,
봄이 오는 소리가 들리니?

우리가 지금 이 빗속으로
한 발을 내딛긴 두렵겠지만
곧 봄이 오는 소리가 멈추고
진짜 봄이 오게 되면 말이야.

우리는 샛노란 햇살 아래서
초록이 가득한 땅 위에서
마음껏 뛰어놀 수 있게 될 거야.

지금은 잠시 이 빗소리를 듣고
기다리면 된단다.

우리에게 다가올

빛나고 따스한 날들을

기대하면서 말이야.

네가 먼저 길을 걸으면

뽀드득 같이 포슬포슬한

눈 길을 볼 수 있겠지.

느리게 걸으면

가을빛을 길게 머금은

늦은 단풍의 따스함을 느낄 수 있을 거야.

사람들이 많이 가지 않는

조금은 낯선 길을 걸으면

넌 너만의 아름다운 비밀 산책로를 갖게 되고,

잘못된 길을 걸으면

그 길을 예쁘게 가꾸는 방법을 알게 될 거야.

어쩌다 길을 조금 돌아서 걸으면

넌 혼자서도 멋진 지도를 그릴 수 있을 거고,

길에 잠시 멈춰서 있으면

그곳에 숨겨진 작은 꽃과 나무를 찾을 수 있을 거야.

아가야,

네 인생은

네가 어떻게 걸어도 괜찮은 길이란다.

네가 어디로 걸어도 괜찮은 길이란다.

보고
싶다

어디까지 노력하는 게 엄마로서의 역할일까?

내 삶은 어디까지 가져도 되고 욕심내도 되는 것일까?

내 삶의 한 틈도 남기지 않고

너와 함께하는 것이 엄마라면 당연히 해야 할 일일까?

아니, 나도 가끔씩은 나만의 시간을 갖는 것이

당연히 필요한 것 아닐까?

일을 할 때에도

친구를 만날 때에도

내 마음 한구석은 계속 이렇게 물어온다.

그래, 나는 이제 너를 생각하지 않으며

완벽하게 혼자 있을 수는 없나 보다.

엄마는 어쩔 수 없는가 하며

쓸쓸하다 생각하면서도

나는 네가 보고 싶다는 생각을 한다.

너는
알까?

내가 너를 얼마나 사랑하는지 너는 알까?

그냥 사랑한다는 걸 아는 것 말고
정말 얼마나 사랑하는지를 알까?

아마 너에게
예쁜 아기가 생기면 알게 되겠지?

엄마가 왜
힘들어서 울다가도 널 보면 웃었는지
항상 못생긴 과일들만 먹었는지
외출할 땐 같은 옷만 입었어야 했는지

엄마도 나를 그렇게 나를 사랑했구나 하고 말이야.

첫 번째
생일

너의

첫 번째 생일을 축하해.

그동안

건강하게 자라주어서

날 많이 행복하게 해주어서 고마워.

밝고 빛나는

아름다운 날들이 너에게 가득하기를.

깡충이

네 작은 가슴에 살짝 기대어 들어보면
네 심장이 콩닥콩닥

손바닥만 한 배에선
꼬르륵 꼬르륵 소리가 난다.

이제야 토끼 인형만 해진 너에게
너를 숨쉬고, 움직이고, 생각하게 하는 모든 것들이
어떻게 오밀조밀 다 들어가 있는지.

또 그중 무엇 하나 빠지지 않고
열심히 제 할 일을 하는 것을 보면
기특하고 고맙다.

나는 손끝으로 살살 너를 만지고
어떻게 네가 내 안에서 만들어졌는지를 생각하며
네가 있었던 내 배도 한번 쓰다듬어보았다.

한손으로도 내 살과 너를 함께 느낄 수 있었던 때를
기억하면서 참 신기하다 했다.

네가
제일

어디 가서 말은 안 하지만
내 눈에는
네가 제일 똑똑하고
네가 제일 착한 것 같아.

하지만 내색하진 않아.
근데 진짜 그런 것 같아.

수박

"수박." 하고 일어난다.
어제는 "딸기우유."
오늘은 "수박."

네가 어제 먹은 것 중엔
수박이 제일 맛있었나봐.

작게 자른 수박 한 접시 앞에서
"우와!" 하며 박수 친다.

좋은 아침이야.
오늘도 이렇게 행복하자.

꿈속
에서

네가 깊은 꿈속에서 날 만나고 있을 때
엄마는 너와 보낸 하루를 더듬으며
조물조물, 부비부비.

곰 인형 옷 같이 작은 티셔츠
내가 쪼그려 앉아서도
깡총 들리는 귀여운 바지.

손바닥 반도 가려지지 않는 네 양말엔
콩알만 한 까만 동그라미 다섯 개.

이 작은 발로 어디를 그리 바삐 다녔니?
오늘 먹은 초코 우유는 얼마만큼 맛있었니?
쉬이 지지 않는 만큼 네가 행복했기를
그 자국이 네 기억에도 오랫동안 선명하기를.

이사

새로운 우리 집
개구리 소리가 들리는 까만 밤에
반짝하고 보이는 별빛도 하나

살갗이 닿는 소리만 들려오는
서늘한 방 안에서
우리 아기와 뒹굴며
달님이 어디 숨었는지
별님이 무슨 인사를 하는지
속닥거린다.

만나서 반갑대.
이곳에서 행복하게 오래 살재.
앞으로도 우리를
지금처럼 밝게 비춰주겠대.

아기한테는
아기 냄새만 나는 줄 알았지.
별것 놀고
내 품에 와락 안기는 너에게서
똘똘 풍기는 부푼 빵 반죽 냄새.
네가 말해주지 않아도
얼마만큼 재미있었는지 알겠어.
엄마가 제일 좋아하는 바게트 빵 만큼이지?
우리 아기 엄마가 잡아먹어야겠다.

'암냠냠냠!'

초코
만큼

눈도 뜨지 못하고 "초코." 하며 운다.
자면서 서글피 운 이유가 그거였구나.
꿈에서 초코를 먹지 못해서.

앞으로도 너의 슬픔은
딱 그 정도였으면 좋겠다.

사람에게서 상처받지 않고
현실에 좌절할 일이 없이
슬픈 일은 딱 이만큼만 있었으면 좋겠다.

그래서 잠도 들지 못하고
우는 날들 따윈 없었으면 좋겠다.

지금 엄마가

네 꿈속으로 달려가서 초코를 줄게.

그리고 내일은 진짜 초코를 두 개 줄게.

그러니 달콤한 꿈만 꾸며 잠들거라.

뽀뽀

"뽀뽀." 하면 뽀뽀하고
"주세요." 하면 두 손을 모으고
"저거 가져다줄래?" 하면 그 물건을 가져와.

우리 아기,
이제 엄마 말을
다 알아듣는구나.

"사랑해." 하면 이제 사랑인 줄
"보고 싶어." 하면 이제 그리움인 줄
"고마워." 하면 이제 감사인 줄
이젠 정말 다 알겠구나.

아가야,

엄마가 많이 사랑해.

항상 보고 싶고

엄마에게 와주어서

정말 고마워.

맛있어

바지락 칼국수의 바지락은 네가 다 먹어도
삼겹살의 살코기를 다 너에게 떼어주어도
나는 고등어 구이의 잔가시만 발라 먹어도

엄마는 맛있어.

너와 같이 먹으면
네가 맛있게만 먹어주면.

엄마의
마음

한겨울

네가 그렇게 먹고 싶어하던

수박 한 통을 쩍 하고 잘라

네가 먹기 좋도록

토막마다 박혀 있는 씨를 살살 발랐다.

너를 낳기 전엔 엄마도

할아버지가 반찬통 가득 채워두었던

깍두기 모양 수박을 날름 꺼내먹기만 했다.

부모의 마음이란 이런 것이었구나.

내 자식이 좋아하는 것을 위해서는

이런 작은 수고도 마다하지 않는 것이었구나.

나는 왜 미처 몰라,

내 엄마 아빠를 위해서는 그러지 않았을까.

나는 어찌도 이리 무심한 자식이었나,

생각도 해보았다.

하지만 나 역시

언젠가 네가 나보다

모든 것을 더 잘하게 되는 때가 온다 하더라도

네가 나를 위해서 수고롭지 않기를 바랄 것 같다.

너의 빛나는 삶을 위해 너의 힘이 온전히 쓰이길

내가 너에게 수고로운 사람이 되지 않기를

바랄 것 같다.

이게 부모의 마음이란 거구나.

널 사랑하는
엄마가 되어야지

네가 어떻게 하면 좀 더 편하게 살 수 있을까?
외국어를 잘하면 어디서든 편하겠지.
어느 나라에서건 일할 수 있는 직업이면 좋겠어.
그러려면 전문적인 기술을 배우는 게 좋지 않을까?

그러다 문득
'내가 이렇게 네 인생에 대한 간섭을
시작하는 것 아닐까?'
하는 생각이 들었다.

좋은 걸 해주고 싶고
네가 편안했으면 좋겠다는 내 마음이
너에겐 그렇게 다가갈 수도 있겠다.

사랑한다면

관심과 걱정이란 이름으로

내 그림 안에 널 그려넣을 것이 아니라

너만의 멋진 그림을 그릴 수 있도록

도와주고 기다리며 지켜볼 수 있어야지.

그리고 난 그렇게 널 사랑하는 엄마가 되어야지,

하고 다시 다짐했다.

쑥쑥
자라는 너

송곳니도 어금니도
쑥쑥 예쁘게 자란다.

조금 아팠겠지만
잘 참아냈어, 아가야.

이젠 엄마와 같이
새로운 음식들을
더 많이 먹을 수 있게 되었어.

처음 맛보는
맛있는 음식들을 먹으며
네가 얼마나 놀랍고
행복한 표정을 지으며
날 바라볼는지.

너에게
세상을 경험할
작고 귀여운 새 힘이
생긴 것을 축하해.

맛있는 음식
기분 좋은 음식
엄마가 많이 해줄게.

할아버지의
사랑

봄이 오면 할아버지는
네 얇은 긴팔 티셔츠를 싹둑싹둑 잘라
반팔로 만들어 입히곤 했어.

반팔을 꺼내 입히면 되는데
뭐 하러 긴팔을 자르냐 해도
다음 날 퇴근하고 돌아오면
너는 또 할아버지가 만든
새로운 반팔 티셔츠를 입고 있었어.

무딘 부엌 가위로
서걱서걱 삐뚤빼뚤하게 자른
못난 티셔츠를 보고
나는 뭐 하러 이러는지 모르겠다 했는데

아마 그것도 너를 두고 어쩌지를 못한
할아버지의 사랑이었던 것 같아.

겨울옷은 더울까봐 입힐 수 없고
여름옷은 아직 추울까봐 걱정이 되어서
손수 겨울옷을 잘라 여름옷으로 만들 수밖에 없는
할아버지의 마음.

결국은 같은 거 아니냐 해도
할아버지에겐 달랐을 거야.
그걸 입혀야
할아버지의 마음이 놓였을 거야.

새해

더 많이 웃게 해줄게.
더 많이 사랑해줄게.

건강하렴.
행복하렴.

지금처럼만
엄마 곁에 있어주렴.

너를
기다려

엄마가 가버려서 속상했지?
하지만 네가 울음을 그칠 때까지
엄마는 가지 못하고
문밖에 서서 기다리고 있었어.

네가 엄마를 부르는
서글픈 목소리를 소리를 들으며
빼끔히 열린 창문 틈으로
"아가야, 울지 마."
"아가야, 미안해."라고 속삭이고 있었어.

엄마는 가야 했지만
엄마가 네 눈앞에는 보이지는 않았지만
엄마는 항상 너를 생각하고 있었어.

어느 곳에서도 항상

아가야, 사랑해

아가야, 고마워

하고 있었어.

작은
어른

아기가 태어나면
그 아기가 다 자라서 독립할 때까지
20년이 걸린다고 알고 있었기 때문에
나는 꽤 오랫동안
네가 아무것도 할 수 없을 거라 생각했다.

그런데 예상보다 빠르게
네가 혼자서 움직이고,
스스로 먹더니
이젠 못 하는 말이 없다.

아직 아기인데
아직 이렇게 작은데
과연 할 수 있을까, 싶은 것도
너는 천천히 해내고야 만다.

엄마가 있어야만 할 수 있던

네 생활의 작은 하나하나가

벌써부터 조금씩 사라져 가는 듯하다.

그래서 네가 나에게서 독립할 시간도

내 생각보다 빠르게 올 수 있을 것 같다.

하지만 네가 다 큰 뒤에도 나는

'네가 이걸 할 수 있을까' 걱정이 될 것 같다.

그때도, 네가 아기였던 모습이

내가 모두 해주어야 했던 것들이

자꾸만 기억에 남을 것 같다.

너의
길

내가 없어도 새로운 것을 배우고
내가 해주지 않아도 맛있게 먹는다.

네가 가진 생각
네가 하고픈 의지를 따라
너만의 길로
빠르게 걸어간다.

언젠가는 네가 걸어가는 모습을
바라보게만 되는 날이 오지 않을까 싶었지만
생각보다도 훨씬 빨리
그때가 찾아오는 것 같다.

그래서 나는

'이제 아이를 키우는 것이 제법 편해졌지'

하면서도 못내 섭섭하다.

네가 길을 잃어도,

길을 조금 돌아가도,

길에 멈춰서도,

나는 뒤에서 묵묵히 바라보며 지켜줄 거라 했는데

정말 그렇게 할 수 있을까?

너를 얼른 일으키려 하진 않을까

지름길을 알려주려 하진 않을까

빨리 가라 재촉하진 않을까

생각도 해본다.

그리고 또 다시 다짐한다.

너의 길을 함께 걸으려 하진 말아야지

나의 길에서 너를 응원해줘야지, 하고.

네가 걷는 길을
비춰 줄게

한 걸음 두 걸음
이제 막 나에게로 향하는
네 발걸음이
곧 세상을 향해 내딛는
너의 첫걸음이 되겠지.

너의 세상은
따뜻하길,
행복하길,
아름답길,
사랑이 넘치길.

네 작은 발걸음마다
엄마가 축복을 가득 뿌릴게.

벅찬 순간을
선물해줘서 고마워

너를 만난 지 얼마 되지 않았을 땐

네가 너무나 사랑스럽고

하루하루가 특별해서

일기를 쓰지 않아도

모든 순간을 기억할 수 있을 것 같았다.

그래서 일기장에 꼬박꼬박 날짜를 적고

너의 발달을 기록하는 것은 필요 없다 생각했어.

잠들기 전 너와 보냈던 시간들을 돌아보면

너의 모든 것들이 하나도 빠짐없이 기억이 났거든.

그래서 내가 너에게 쓰는 편지엔

너에 대한 내 마음만 담아두곤 했다.

그런 시간들이 모여 어느새 3년이 되었다.
그동안의 편지들을 꺼내어 한 장 한 장 읽어보다가
나는 깜짝 놀라고 말았다.

'내가 너에게서 이런 감정을 느낀 적이 있었구나'
생각이 들 정도로
내가 어떻게 썼는지도 기억나지 않는 편지들이
많았기 때문이다.

그때 나는 한참 육아가 힘들고 버겁다 느꼈는데
백여 장의 편지에 순간순간 담았던 내 마음들은
지난날의 내가 너를 얼마나 사랑했는지
다시 알려 주는 듯했다.

하지만 편지를 읽으며 다시 기억해보려 해도
나는 네가 언제 처음으로 걸었는지

언제 또렷하게 "엄마."라고 불렀는지
어금니가 언제 올라왔는지 기억해내지 못했다.

그렇게 소중하다 생각했던 순간들을
시간이 조금 흘렀다고
익숙하게 흘려보내며 잊었던 것이었지.

물론 시간이 흐르면 모든 것에 익숙해지는 법이지만
그렇다고 사랑받는 것을 당연하게 생각해서도
안 됐는데…….

요즘의 나를 돌아보면
네가 사랑한다고 말해주어도
처음처럼 감동받지 않고,
네가 날 꼭 안아주어도
가슴 벅차게 행복하다 느끼지 않았던 것 같다.

누군가 나에게 행복하느냐고 물으면

나는 조금의 고민도 없이 행복하다 대답하곤 했는데,

내 삶에 너의 사랑이 없었더라면

내가 그렇게 쉽게 행복하다 대답할 수 있었을까?

그동안 많은 사람들과 맺어왔던 관계에서

내가 받았던 사랑과 감동은

어느 정도 예상이 가능한 범위 안에 있었다.

내가 주었기 때문에 받을 수 있었던 사랑.

이유가 있었기 때문에 얻을 수 있었던 감동.

그마저도 주었던 만큼 받지를 못해서

혼자서 아파하던 날들이 많았다.

무조건적인 사랑.

그건 노력만으로는 얻을 수 없을 것만 같아서

운명을 찾아다녔고 우연을 경험보다 믿었다.

그러나 달라지는 것은 없었다.

'어떤 힘을 빌어도 나는 안 되는구나'

네가 나의 뱃속에서 무럭무럭 자라고 있을 때

나는 알았다.

나는 안 되는 사람이구나.

그런 사랑은 내가 가질 수가 없는 것이구나.

나는 그쯤에서 포기하기로 했다.

희망을 갖는 것보다 포기를 하는 것이

그나마 내가 행복해질 수 있는 방법이라 생각했다.

그렇게 나는 너절해진 가슴에 너를 안았다.

자식으로서의 나를 보면

자식이 부모에게 기쁨이고 사랑이란 것도 영 틀린 말이지.

그러니 네가 나를 미워해도 내가 널 탓할 자격은 없어.

네가 사랑을 주지 않는다 해도 포기할 수도 없어.

그저 내가 사랑을 마음껏 줄 수 있는 것에 만족하자,

나는 너를 만지며 그런 생각들을 하곤 했다.

하지만 각오와는 다르게

나는 우는 것밖에 할 줄 모르는 너에게서

매일매일 사랑을 받는다고 느끼기 시작했다.

네가 나에게 안아달라고 울 때에도

젖을 좀 더 달라고 떼를 쓸 때에도

마음 편히 두 시간 이상을 잠들지 못하게 할 때에도

입을 크게 벌리고 밥을 받아먹을 때에도

'엄마'라고 불렀을 때에도

나는 '네가 나를 사랑하는구나' 알 수 있었다.

네가 말을 제법 하게 되어

나에게 '사랑한다' 하고

'보고 싶다' 했을 때

난 너에게서 이런 사랑을 받아도 될까 하고 감격했었다.

하지만 네가 나의 늦은 밤길을 걱정하고

수박 살의 씨를 발라줄 때쯤엔

'우리 아기 다 컸네' 하고 말았다.

너는 자랄수록

기대 이상의 사랑을 줘서

나를 깜짝깜짝 놀라게 했지만

나는 시간이 지날수록 그런 너의 마음에 놀라기만 할 뿐,

내심 그것초자 너에게 준 내 사랑의 결과라 여겨

당연하게 받고 있었던 것 같다.

그리고 생각해봤다.

언제나 너의 예상 안에 있었을,

때로는 그에 훨씬 미치지도 못했을

나의 사랑을 보며

너는 얼마나 외롭고 마음이 아팠을까.

아가야.

엄마를 이렇게 행복하게 해주어서 고마워.

엄마가 지금처럼 웃을 수 있는 건

다 너의 사랑 덕분이란다.